sur une idée de denis bajram

scénario - valérie mangin
dessin - aleksa gàjic

LE FLÉAU DES DIEUX

tome 2 : dies irae

à mon frère,

Aleksa Gàjic

à mes parents,

à Denis,

Valérie Mangin

retrouvez LE FLÉAU DES DIEUX sur internet:
http://ateliervirtuel.com/fleau

© MC PRODUCTIONS / MANGIN / GAJIC
Soleil Productions
247, avenue de la République
83000 Toulon - France

Bureaux parisiens
25, rue Titon - 75011 Paris -France

Dépôt légal octobre 2001 - ISBN : 2 - 84565 - 210 - 0

Conception graphique : Denis Bajram
Réalisation graphique : Studio Soleil

Impression : Lesaffre - Tournai - Belgique

REGARDE,
LA PLANÈTE QUE LES
HUNS ONT RAVAGÉE
POUR TOI !

QUELLES RUINES !
SANS CET ORAGE,
LE FEU RAVAGERAIT
ENCORE LES PALAIS
ET LES TEMPLES.

QU'EN DIS-TU ?
PARTOUT C'EST LE
CHAOS ! L'ORBIS
S'EFFONDRE DEVANT
TA HORDE SACRÉE !

LES ROMAINS
SONT DÉJÀ NOS
ESCLAVES...
TU AS TOUT CE
QUE TU VOULAIS !

ALORS, POUR
LA DERNIÈRE
FOIS, KERKA,
RÉPONDS-MOI !

NE SUIS-JE PAS TON ÉLU ? TON COMPAGNON POUR L'ÉTERNITÉ ?

TOI QUI AS FAIT DE MOI TON PREMIER ROI-PRÊTRE, TU ME REJETTES ?!

AH ! MES OFFRANDES NE SERVENT PLUS À RIEN ! TU N'ES PLUS AVEC MOI !

POURQUOI ?! JAMAIS TU N'AS EU AUTANT DE SACRIFICES !

AUTANT DE SANG, MA DÉESSE...

SEIGNEUR ATTILA ! CELA FAIT UN MOIS QUE JE TE FAIS LE MÊME RAPPORT...

J'AI TOUT ESSAYÉ DANS LE TEMPLE SANS RÉSULTAT.

LA DIVINE KERKA REFUSE TOUJOURS DE PARLER...

ET ELLE RESTE DANS SA CHAMBRE, SANS BOUGER.

ELLE NE RÉAGIT MÊME PAS À CE QUI SE PASSE AUTOUR D'ELLE...

SI J'OSAIS...

JE DIRAIS QUE LE SORT DU PEUPLE HUN LUI EST DEVENU INDIFFÉRENT.

MAIS ELLE M'A APPRIS À VOYAGER DANS L'ESPACE !

SANS ELLE, JE N'AURAIS PAS PU RENCONTRER CE TRAÎTRE ROMAIN, ACHETER LES COORDONNÉES STELLAIRES DES PLANÈTES IMPÉRIALES ET CONQUÉRIR L'ORBIS !

ELLE M'A CHOISI ! JE SUIS SON ROI-PRÊTRE ! JE LUI FAIS DES SACRIFICES TOUS LES JOURS ! LE SANG N'A PAS LE TEMPS DE SÉCHER SUR SES AUTELS !

ET JE PILLE L'ORBIS ROMAIN ! JE DÉTRUIS L'UNIVERS ENTIER POUR ELLE !

ÇA Y EST, MA DÉESSE, NOUS SURVOLONS LA CAPITALE DE SIRMIUM. J'AI CRU QUE JE N'ARRIVERAIS JAMAIS À CONVAINCRE LE ROI !

ET NOUS AVONS DE LA CHANCE... NOUS SOMMES SEULS DANS LE CIEL... PAS DE TRACES DE LA FLOTTE QUI ÉTAIT CENSÉE VENIR CHERCHER LES SURVIVANTS SELON NOS PRISONNIERS...

BAH ! SANS LÉVIATHAN, LES ROMAINS SONT SI LENTS... NOUS SERONS REPARTIS AVANT LEUR ARRIVÉE DANS LE SECTEUR !

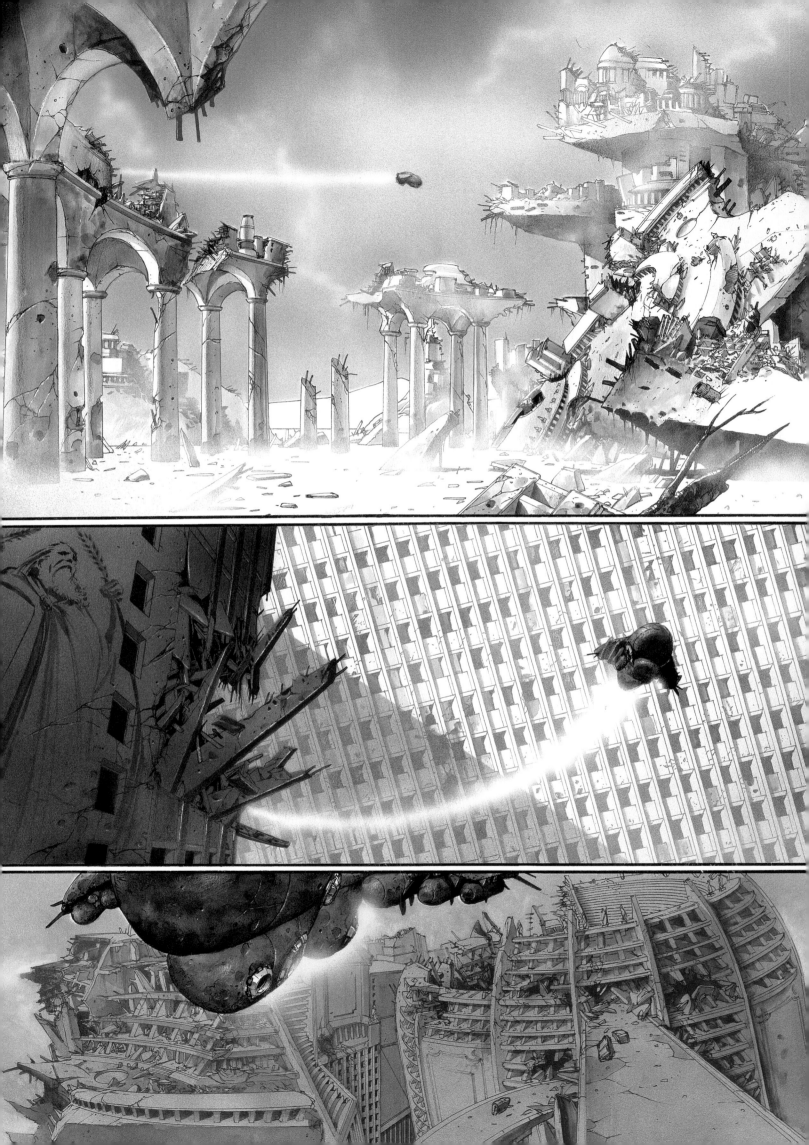

NOUS VOICI AU-DESSUS DU CIMETIÈRE DE LA CAPITALE, MA DÉESSE.

ICI, SEULS VEILLENT LES MORTS...

TES PARENTS ÉTAIENT DES DIGNITAIRES KERKA. LEURS CORPS ONT SANS DOUTE ÉTÉ PARMI LES PREMIERS À ÊTRE RAMENÉS ICI !

ALORS ? AH... LES GRANDS TOMBEAUX SONT UN PEU PLUS LOIN DEVANT NOUS... JE LES VOIS, LÀ-BAS;

TU T'ARRÊTES, MA DÉESSE ? TU LE RECONNAIS ? C'EST CELUI-LÀ, LE TOMBEAU DE TA FAMILLE ?

LE CADENAS EST NEUF... RECULE, JE T'OUVRE LA PORTE !

FSSSS CLAC

ÇA IRA, KERKA ? TU VEUX QUE JE DESCELLE LE COUVERCLE ?

VOILÀ... ÇA Y EST... PRESQUE... HAN... ÇA S'OUVRE... ATTENTION !

STOONK

TU T'EN VAS... MAIS... NON... QU'EST-CE...

PAR LÉVIATHAN ! DEUX CORPS D'ENFANTS !

STOP ! UN PAS DE PLUS ET TU ES MORTE.

KERKA ! CE SONT LES ROMAINS !

SORS, PILLARD. ON T'A VU ENTRER AVEC ELLE DANS LA TOMBE.

C'ÉTAIT VOTRE DERNIÈRE PROFANATION, SALE HUN ! LÂCHE TON ARME, MAINTENANT.

TIREZ SUR ELLE ET VOUS ÊTES MORTS, ROMAINS !!

QUOI ? TU NOUS MENACES POUR PROTÉGER TA... MAIS... ATTENDEZ... C'EST FLAVIA AETIA !

LA FILLE D'AETIUS ? NON. ELLE A ÉTÉ ENVOYÉE AUX HUNS IL Y A DEUX ANS, RAPPELLE-TOI. ILS L'ONT SACRIFIÉE !

SACRIFIÉE ! AH !... ON DIRAIT PLUTÔT QU'ELLE A FAIT UN MARCHÉ AVEC LES HUNS, LA TRAÎTRESSE !

LES COORDONNÉES DE SIRMIUM CONTRE SA VIE !

PRISONNIERS DANS LE PALAIS DU GOUVERNEUR ! EH BIEN... AU MOINS, ATTILA N'AURA PAS DE MAL À NOUS RETROUVER.

PAR ICI, GOUVERNEUR, NOUS LES AVONS MIS EN CELLULE D'ISOLEMENT EN VOUS ATTENDANT.

FLAVIA ! FLAVIA, C'EST TOI !

MA PETITE FILLE ! JE CROYAIS QUE TU ÉTAIS MORTE. MAIS TU ES LÀ, TU ES REVENUE, ENFIN !

C'EST VRAI, MA FILLE, NOUS DÉSESPÉRIONS DE TE REVOIR UN JOUR, APRÈS TOUT CE QUI S'EST PASSÉ.

IL N'Y AVAIT QU'EUX QUI CONNAISSAIENT NOS COORDONNÉES STELLAIRES, JE SAIS. MAIS LE GOUVERNEUR A PU EN PARLER À QUELQU'UN D'AUTRE...

TULLIA, NE CHERCHE PAS D'ÉCHAPPATOIRE. J'AI DÉJÀ ÉTÉ GOUVERNEUR AUTREFOIS, AVANT MA STUPIDE DISGRÂCE...

JE T'AVAIS PARLÉ DES COORDONNÉES À TOI, MA FEMME. FLAVIA A DÛ NOUS ENTENDRE. ET, À CAUSE DE NOUS, ELLE A PU TRAHIR SIRMIUM.

MAIS NE CHERCHE PAS À LA SAUVER, PARCE QUE NOUS NOUS SENTONS RESPONSABLES DE SA FAUTE. SI C'EST ELLE QUI...

OUI, C'EST LA SEULE PERSONNE QUI AVAIT INTÉRÊT À NOUS VENDRE. PEUH ! VOYEZ, ELLE N'A MÊME PAS ÉTÉ TORTURÉE...

ASSEZ, REGARDEZ-LA ! ELLE EST VIVANTE, ELLE N'EST PAS BLESSÉE. MAIS ELLE EST EN ÉTAT DE CHOC... NON ?! ELLE N'A PAS PU ! NON !

NE VOUS INQUIÉTEZ PAS, CONSEILLERS. JE NE ME LAISSERAI PAS ATTENDRIR. LES SURVIVANTS ONT BIEN FAIT DE ME CONFIER L'ARMURE DE GOUVERNEUR.

JE CONDAMNE MA FILLE ET LE HUN À MORT ! ILS SERONT EXÉCUTÉS DEMAIN PAR LA LÉGION QUI DOIT ARRIVER SUR SIRMIUM.

TU NE PEUX PAS FAIRE ÇA ! NOS DEUX FILS ONT ÉTÉ MASSACRÉS PAR LES HUNS ET TU VAS TUER TOI-MÊME TA PROPRE FILLE ! NOTRE DERNIER ENFANT !

JUSTEMENT TULLIA ! TU NE VEUX PAS VENGER TES ENFANTS ! RAPPELLE-TOI, C'EST À CAUSE D'ELLE QU'ILS SONT MORTS !

À CAUSE D'ELLE QUE LA HORDE DES VAISSEAUX HUNS A ENVAHI NOTRE SYSTÈME PLANÉTAIRE POUR RECOUVRIR LE CIEL.

À CAUSE D'ELLE QUE LES HUNS ONT TOUT DÉTRUIT ET QUE DES MILLIARDS DE PERSONNES ONT ÉTÉ MASSACRÉES !

À CAUSE D'ELLE QUE NOUS NE SOMMES PLUS QUE QUELQUES DIZAINES DE MILLIERS DE SURVIVANTS SUR TOUT SIRMIUM !

OUI ! EH BIEN, C'EST À CAUSE D'ELLE QU'ATTILA VA REVENIR ET QUE NOTRE ARMÉE ACHÈVERA DE VOUS DÉTRUIRE !

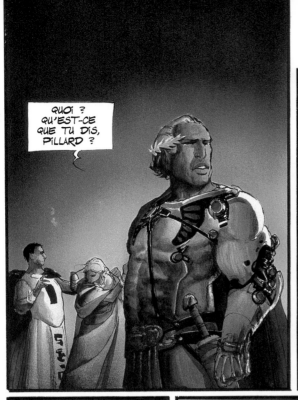

QUOI ? QU'EST-CE QUE TU DIS, PILLARD ?

TA FILLE, AETIUS, EST LA RÉINCARNATION DE NOTRE GRANDE DÉESSE DU CHAOS, KERKA ! ELLE EST PLUS PRÉCIEUSE À ATTILA QUE SA VIE MÊME.

SI LE ROI N'A PAS DE NOUVELLES D'ELLE D'ICI CE SOIR, IL SAURA QU'IL LUI EST ARRIVÉ QUELQUE CHOSE ET IL VIENDRA LA DÉLIVRER !

TON BLUFF EST TROP GROS BARBARE. CE N'EST PAS ÇA QUI VOUS EMPÊCHERA DE MOURIR DEMAIN.

CE SERA VRAIMENT FACILE POUR MON ROI DE NOUS TROUVER, ROMAIN... ET DE TOUTE FAÇON, KERKA EST IMMORTELLE. TU NE PEUX RIEN CONTRE ELLE.

AH ! AH ! AH ! UNE DÉESSE ? FLAVIA SERAIT IMMORTELLE ?!

LA FLOTTE DE LA XVè LÉGION ARRIVE DEMAIN. ELLE VIENT POUR NOUS ÉVACUER VERS UNE PLANÈTE ÉPARGNÉE, MAIS SI TU DIS VRAI...

ELLE AURA EN PLUS LA GLOIRE D'EN FINIR AVEC LES HUNS. TON ATTILA NE PEUT RIEN CONTRE UNE ARMÉE DE VÉTÉRANS... IL LE SAIT, IL NE S'ATTAQUE QU'À DES PLANÈTES SANS DÉFENSE !

ET MÊME S'IL DÉPLACE SA FLOTTE AUSSI VITE QU'ON LE DIT, VOUS SEREZ MORTS AVANT SON ARRIVÉE !

REGARDE, LA TROISIÈME LUNE EST EN SANG... LES DIEUX NOUS ENVOIENT UN SIGNE : SI ATTILA NOUS TEND UN PIÈGE, NOUS LE FERONS TOMBER DEDANS LUI-MÊME DEMAIN !

NOUS ? JE CROYAIS QUE, DANS CE CAS, LA LÉGION COMBATTRAIT ATTILA ET QUE TU TUERAIS FLAVIA SANS PLUS ATTENDRE.

NE RECOMMENCE PAS ! ELLE NE MÉRITE QUE ÇA. APRÈS TOUT CE QUE NOUS AVONS FAIT POUR LA SAUVER, ELLE NOUS A LÂCHÉS POUR LE ROI HUN.

COMMENT PEUX-TU CROIRE ÇA ! C'EST ENCORE UNE DES MANIPULATIONS D'ATTILA, COMME CETTE HISTOIRE DE DÉESSE.

NON ! ET SIRMIUM N'AURAIT PAS ÉTÉ DÉTRUITE SANS L'ACCORD DE TA GARCE DE FILLE !

ALLONS, ATTILA SE MOQUE D'ELLE COMME TOI. IL L'A RENVOYÉE ICI PARCE QUE SA «DÉESSE» NE LUI SERT PLUS À RIEN MAIS QU'IL NE DOIT PAS LA TUER...

ÇA FAIT TROIS FOIS QUE TU LE DIS. ARRÊTE DE LA DÉFENDRE. TES IDÉES NOUS ONT TOUJOURS CONDUITS AU DÉSASTRE...

VAS-Y FRAPPE-MOI ! QU'EST-CE TU ATTENDS, FIER GOUVERNEUR, PÈRE EXEMPLAIRE ?

AH... PARDONNE-MOI... ENFIN, J'AI APPELÉ LE PRÉFET DE LA XVe LÉGION, IL Y A UNE HEURE. IL NE CROIT PAS QU'ATTILA PUISSE ÊTRE ICI DEMAIN...

SOLDATS ! QU'EST-CE VOUS FAITES SUR LE REMPART ?

EUH... NOUS GARDONS LE PALAIS...

C'EST ÇA ?! EN JOUANT AUX DÉS ! VOUS ME PRENEZ...

ÇA FAIT DES HEURES QUE LES HUNS NOUS ONT ENCERCLÉS ! CE MAUDIT BARBARE AVAIT RAISON HIER.

QUE MARS NOUS PROTÈGE, GOUVERNEUR ! NOUS NE POUVONS RIEN FAIRE CONTRE UNE TELLE ARMÉE. ET LA LÉGION QUI N'EST PAS ENCORE ANNONCÉE...

MAIS POURQUOI ATTILA N'ATTAQUE-T-IL PAS MON PALAIS, À LA FIN ? IL VEUT NOUS TORTURER PAR L'ATTENTE ?

ET D'ABORD, COMMENT A-T-IL FAIT POUR ÊTRE LÀ AUSSI VITE ? FOI DE FLAVIUS AETIUS ! IL A DÛ TRAVERSER TOUTE LA GALAXIE EN UNE SEULE NUIT.

JE VAIS FINIR PAR CROIRE QU'IL VOLE DE PLANÈTE EN PLANÈTE SUR LES AILES DE DRAGONS COMME DANS LES CONTES DE FÉE.

LE CHEF DE LA XVe LÉGION M'A DIT QUE LES HUNS ÉTAIENT PARTOUT À LA FOIS...

MAIS QUE LES LÉGIONS IMPÉRIALES ARRIVAIENT TOUJOURS TROP TARD... APRÈS LE MASSACRE ET LE PILLAGE ET LA RUINE.

QUELLE HORREUR ! MAIS TOUT ÇA NE NOUS DIT PAS COMMENT LEUR ROI A EU LES COORDONNÉES DE TOUTES CES MALHEUREUSES PLANÈTES ! ÇA NE PEUT PAS ÊTRE UN HASARD !

ET FLAVIA NE LES CONNAISSAIT PAS TOUS ! ELLE N'A JAMAIS QUITTÉ SIRMIUM AVANT QUE...

NON TULLIA, MAIS TON MARI ET TOI LUI AVEZ INVOLONTAIREMENT APPRIS LES COORDONNÉES DE TOUTES LES PLANÈTES DONT IL A ÉTÉ GOUVERNEUR AUTREFOIS.

EN LES METTANT À SAC, ATTILA A PU CAPTURER D'AUTRES GOUVERNEURS OU BIEN DES MEMBRES DU SÉNAT EN CHARGE DE LA NAVIGATION STELLAIRE.

OUI, OUI, C'EST ÇA, ET IL LEUR A EXTORQUÉ LEURS SECRETS EN LES TORTURANT... HUM... ATTENDEZ, ATTILA VIENT DE M'ENVOYER UN MESSAGE... DESCENDONS.

BZZZZ

NOUS ALLONS PEUT-ÊTRE ENFIN SAVOIR CE QU'IL ATTEND POUR NOUS ATTAQUER... ET S'IL VOULAIT VRAIMENT FLAVIA ?

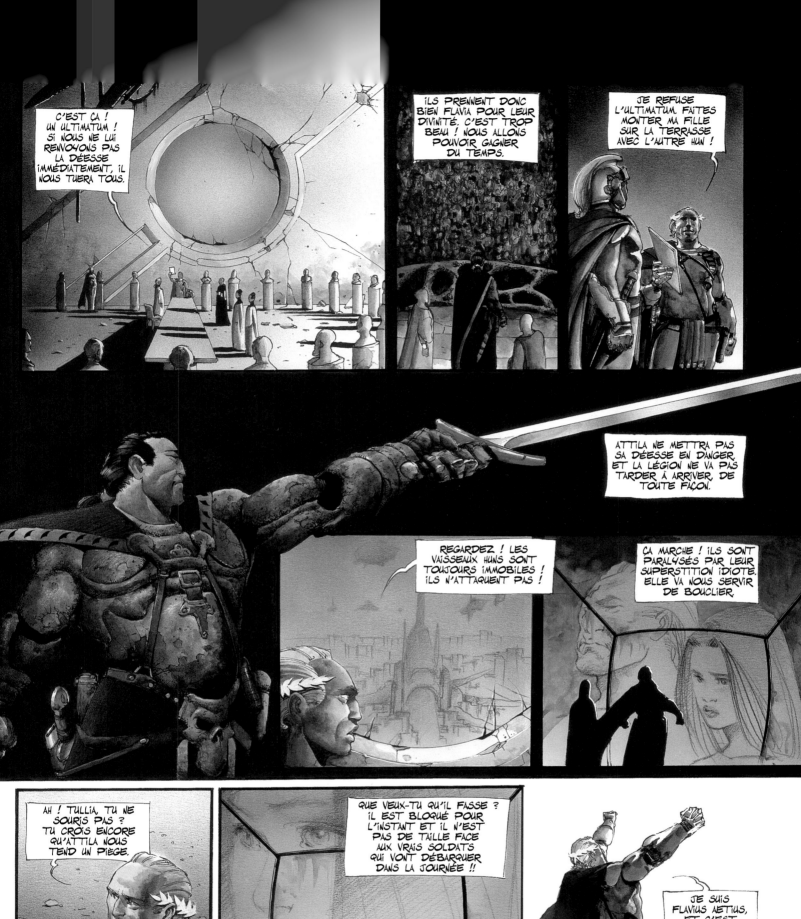

TOUS CES MILLIERS DE GUERRIERS ASSOIFFÉS DE SANG NE PEUVENT PLUS RIEN CONTRE NOUS !

REGARDE-LES SE TERRER DANS LES IMMEUBLES !

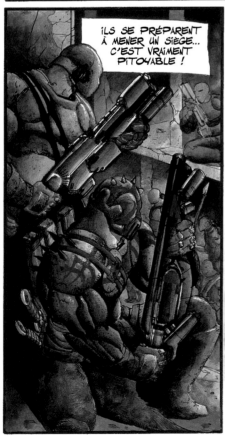

ILS SE PRÉPARENT À MENER UN SIÈGE... C'EST VRAIMENT PITOYABLE !

ATTILA DOIT CROIRE QUE NOUS SOMMES SEULS ET SANS DÉFENSE. IL EST TROP SÛR DE LUI !

TIENS ?! VIENDRAIT-IL DE S'EN APERCEVOIR ? SES VAISSEAUX S'ENFUIENT COMME DES LAPINS !

MAIS NON ! IL A SIMPLEMENT PEUR ! HAHAHA ! LA LÉGION APPROCHE ENFIN PAR L'AUTRE CÔTÉ DE LA PLANÈTE !

VVROOM

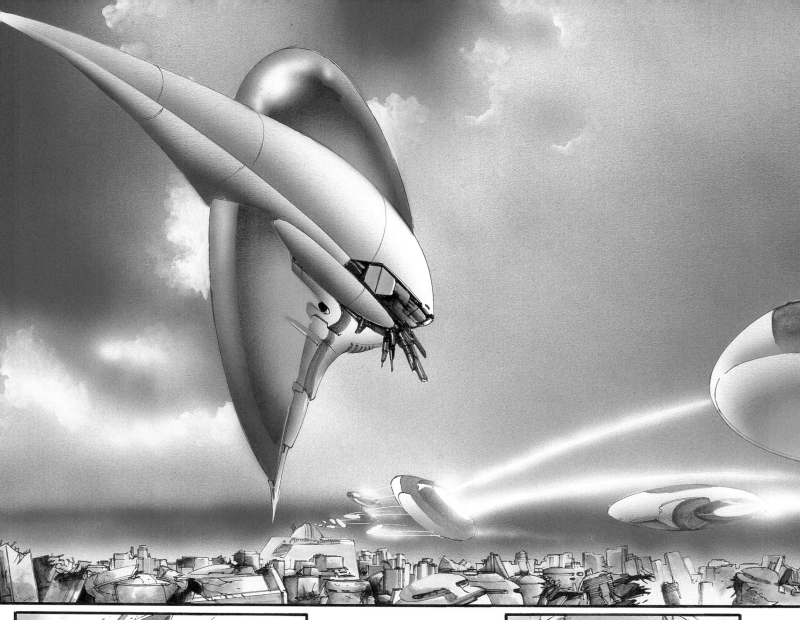

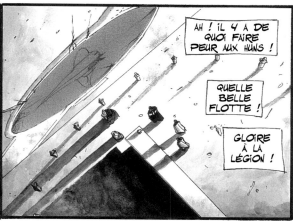

AH ! IL Y A DE QUOI FAIRE PEUR AUX HUNS !

QUELLE BELLE FLOTTE !

GLOIRE À LA LÉGION !

SOIS LE BIENVENU, PRÉFET ! TA VENUE A SUFFI À FAIRE FUIR LA HORDE DES PILLARDS !

BIEN SÛR GOUVERNEUR ! MAIS IL RESTE LES HUNS DONT TU M'AS PARLÉ ET QUI ONT INVESTI LES BÂTIMENTS AUTOUR DE TON PALAIS.

J'AI ENVOYÉ DES HOMMES LES DÉLOGER. TOUS LEURS RAPPORTS SONT DÉJÀ VICTORIEUX !

NOUS, ROMAINS, NE SOMMES-NOUS PAS LES FILS DE LA FORCE, DE L'INTELLIGENCE ET DE LA RUSE ?

PRIMIPILE AUX VAISSEAUX ! OUVREZ TOUTES LES PORTES, VITE ! NOUS SOMMES OBLIGÉS DE NOUS REPLIER.

CES CHIENS DE ROMAINS S'ENFUIENT ! TUEZ-LES TOUS, JUSQU'AU DERNIER !

PAR MARS, NON... NON... ÇA DEVAIT ÊTRE NOTRE PREMIÈRE VICTOIRE...

ET VOILÀ... LA BÊTISE D'UN HOMME, ET NOUS SOMMES À NOUVEAU PERDUS...

POURQUOI, PAR TOUS LES DIEUX ? POURQUOI ? NOUS N'AVONS PAS MÉRITÉ ÇA, NON, PAS ÇA

TOUT EST DE LA FAUTE DE CETTE... DE FLAVIA ! ELLE NE DOIT PAS S'EN TIRER COMME ÇA

OUI, TU AS RAISON. TUONS-LA AVANT QUE LES HUNS NE PRENNENT LE PALAIS.

VOUS ? PRÉFET ? ICI ?! COMMENT OSEZ-VOUS VOUS PRÉSENTER DEVANT NOUS APRÈS UNE TELLE DÉFAITE ?!

VOUS PARLIEZ DE NOTRE PREMIÈRE VICTOIRE, HEIN ? VOUS DISIEZ QUE LES BARBARES NE POUVAIENT RIEN CONTRE VOUS, HEIN ?

PAUVRE IDIOT ! NOUS ALLONS TOUS MOURIR ! TOUT CE QUI NOUS RESTE, C'EST LE SUICIDE !

FLAVIA ! FLAVIA !
MA TOUTE PETITE !
VIENS VITE ! TU DOIS
FUIR LOIN D'ICI,
TOUT DE SUITE !

TOI AUSSI,
BARBARE ! TU
DOIS FUIR AVEC
ELLE ! OU LES
CONSEILLERS VONT
VOUS TUER TOUS
LES DEUX ! ILS
VEULENT SE VENGER
DE LA DÉFAITE
DE LA LÉGION !

FLAVIA !!! REGARDE-MOI !
CET ATTILA... TU DOIS
RETOURNER AVEC LUI !
TU COMPRENDS CE QUE
JE DIS ? PEUT-ÊTRE
QU'IL TE LAISSERA VIVRE,
LUI. FLAVIA ?

FLAVIA, RÉAGIS, MAIS RÉAGIS
ENFIN ! DIS-MOI QUELQUE
CHOSE ! NE RESTE PAS
COMME ÇA ! FLAVIA !!!
TU VAS MOURIR !
TU COMPRENDS ? ILS
VONT TE TUER, FLAVIA !

ARRÊTE, ROMAINE. C'EST
INUTILE... TA FILLE NE
COMPREND PAS CE QUE TU LUI
DIS. ELLE NE TE RECONNAÎT
SANS DOUTE MÊME PAS.

MAIS JE TE PROMETS DE
VEILLER SUR ELLE AVEC
ATTILA... TU SAIS, TOUT CE
QUE JE VOUS AI DIT HIER
EST VRAI. TU PEUX ME
CROIRE.

OUI... AH... ELLE EST
VRAIMENT DEVENUE
L'ALLIÉE DE TON ROI,
ALORS ? ELLE LUI A
PERMIS DE VENIR ICI
AVEC SON ARMÉE ?

ET PUIS NON...
JE NE VEUX PAS
SAVOIR... SUIVEZ-MOI
AVANT QU'ON NE VIENNE
VOUS CHERCHER...

C'EST BON ! VOTRE VAISSEAU EST ENCORE LÀ, LES SOLDATS N'Y ONT PAS TOUCHÉ.

PERSONNE DANS CE COULOIR NON PLUS ! TOUT LE MONDE DOIT ÊTRE DEVANT UN ÉCRAN OU SUR LE MUR D'ENCEINTE !

TOUS REGARDENT LES DERNIERS COMBATS ! ALLONS-Y VITE AVANT QU'ILS NE SE RETOURNENT !

JE TE PARDONNE, MA FLAVIA, QUOI QUE TU AIES FAIT... ET TOI AUSSI, PARDONNE À TON PÈRE ET À MOI.

AETIUS T'EN VEUT TOUJOURS D'ÊTRE NÉE ICI, PENDANT QU'IL PASSAIT EN JUGEMENT À RAVENNE. IL A TOUJOURS VU SA DISGRÂCE EN TOI... JE... ADIEU FLAVIA...

MAIS C'EST LA FEMME DU GOUVERNEUR... ELLE SORT DE LA NAVETTE !

ELLE ESSAIE DE FAIRE ÉVADER SA FILLE ! NE LAISSEZ PAS LE VAISSEAU DÉCOLLER ! ARRÊTEZ-LES VITE !

DEBOUT, SALE GARCE ! VIENS AVEC NOUS ET ARRÊTE TA COMÉDIE...

RESTE LÀ, MA DÉESSE, J'AI DÉJÀ PROGRAMMÉ LE DÉCOLLAGE DE LA NAVETTE.

LE PILOTE AUTOMATIQUE !... LA PORTE SE REFERME !

ON DIRAIT QUE TU VAS REVOIR ATTILA AVANT MOI, MA DÉESSE !

ALORS, ROMAIN, TU CROYAIS VRAIMENT QU'ON S'ÉTAIT ENFUIS ?

TU NE VAUX PAS MIEUX QUE TON INCAPABLE DE PRÉFET ! ENVOIE-LA DONC, TA CHARGE ATOMIQUE.

FINI DE RIRE, HUN. REGARDE DONC LE VAISSEAU QUI VIENT DE NOUS DÉPASSER.

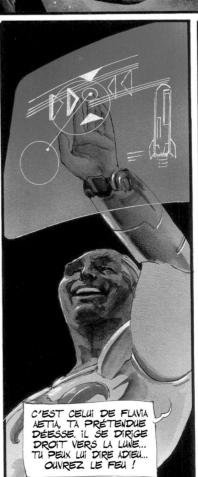

C'EST CELUI DE FLAVIA AETIA, TA PRÉTENDUE DÉESSE. IL SE DIRIGE DROIT VERS LA LUNE... TU PEUX LUI DIRE ADIEU... OUVREZ LE FEU !

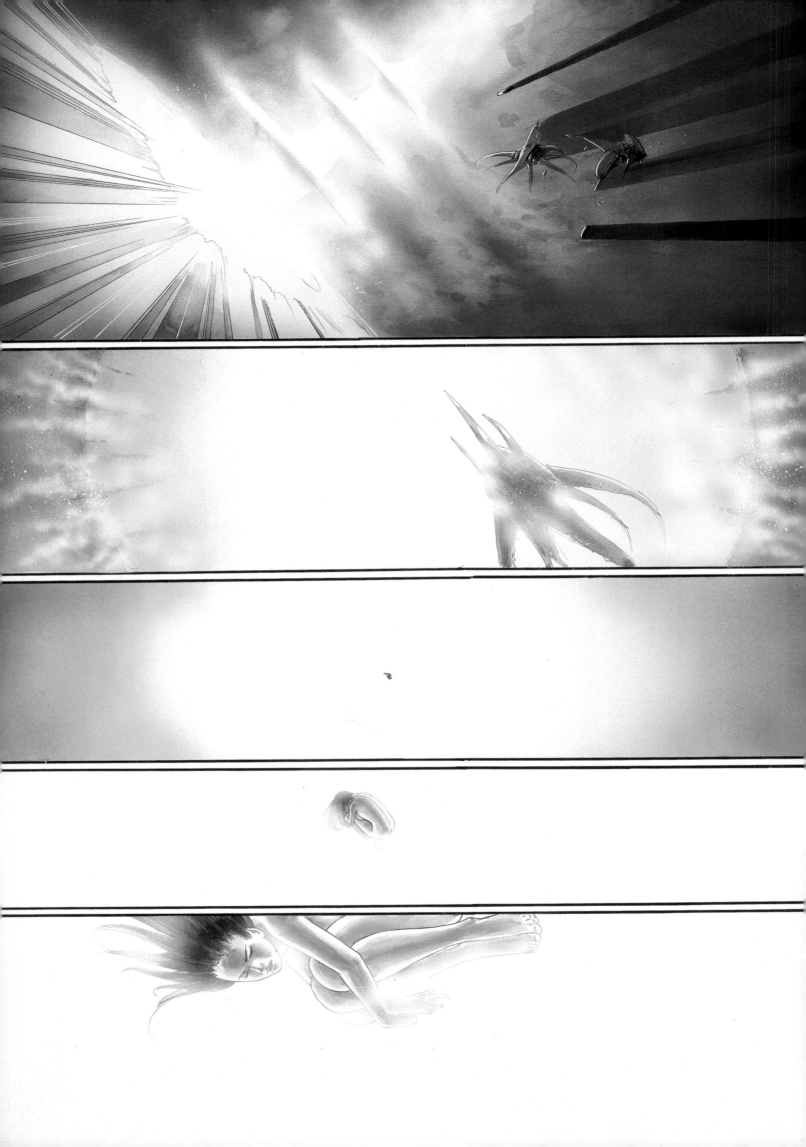

GRANDE EST TA PUISSANCE, DIVINE KERKA ! MÊME LE FEU NUCLÉAIRE NE PEUT RIEN CONTRE TOI ! CHAQUE ROMAIN LE SAIT, MAINTENANT !

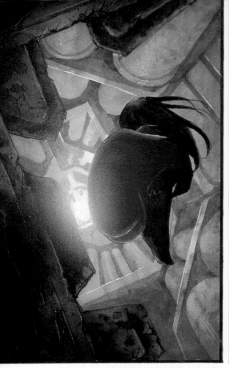

MA BELLE KERKA ! TON MIRACLE A TERRIFIÉ LES ROMAINS ! MA VICTOIRE EST LA TIENNE.

JE SAVAIS QUE TU N'ABANDONNAIS PAS TON PEUPLE. ACCEPTE QU'IL TE RENDE HOMMAGE !

EBARSE AVAIT TORT. TU NE VEUX PAS RENTRER DANS L'ORBIS, MA DÉESSE.

AU CONTRAIRE, TU VEUX ALLER AU COMBAT À MES CÔTÉS, AVEC TOUS LES HUNS ET LES LÉVIATHANS AUTOUR DE TOI !

ET TU VEUX OBLIGER LES ROMAINS À RECONNAÎTRE TA DIVINITÉ ET À TE VÉNÉRER... J'AURAIS DÛ LE DEVINER, TU OBSERVES LE SILENCE DES DIEUX

AH ! ENFIN, TU PORTES UNE ROBE À LA MESURE DE TA DIGNITÉ... TU NE LA QUITTERAS PLUS... JE TE LE PROMETS...

AVEC TOI, J'ACCOMPLIRAI LA PROPHÉTIE DE TON ANCIEN GRAND-PRÊTRE, OKTAR : JE DÉTRUIRAI L'ORBIS.

TU SERAS DE TOUS LES COMBATS... ET TU AURAS BIENTÔT TON AUTEL À ROME... J'ÉGORGERAI MOI-MÊME L'IMPÉRATRICE ET SON REJETON DESSUS...

NOUS FONDERONS UN NOUVEL EMPIRE... MAIS POUR L'INSTANT, VIENS... RETOURNONS SUR SIRMIUM.

LE PALAIS DU GOUVERNEUR EST À NOUS. TU VAS VOIR QUE NOS HOMMES T'ONT BIEN VENGÉE, Ô KERKA !

SUFFIT EBARSE ! TU TE TROMPAIS AU SUJET DU MAL QUI RONGEAIT NOTRE DÉESSE... MAIS JE TE PARDONNE CAR ELLE EST REVENUE PRÈS DE MOI.

SOYEZ LES BIENVENUS, MES SEIGNEURS ! LA PLANÈTE EST ENTIÈREMENT À VOUS !

MERCI, MON ROI. IL EST DONC VRAI QUE KERKA A SURVÉCU AU FEU NUCLÉAIRE ET A VAINCU AVEC TOI ! GLOIRE LUI SOIT RENDUE !

PERMETS-MOI DE CONTINUER À LA SERVIR COMME JE LUI AI PROMIS DE LE FAIRE AUTREFOIS.

REGARDE, Ô ROI, NOS GUERRIERS ONT DÉJÀ DÉTRUIT CE MAUDIT PALAIS POUR QUE L'AFFRONT FAIT À NOTRE GRANDE DÉESSE SOIT EFFACÉ À JAMAIS.

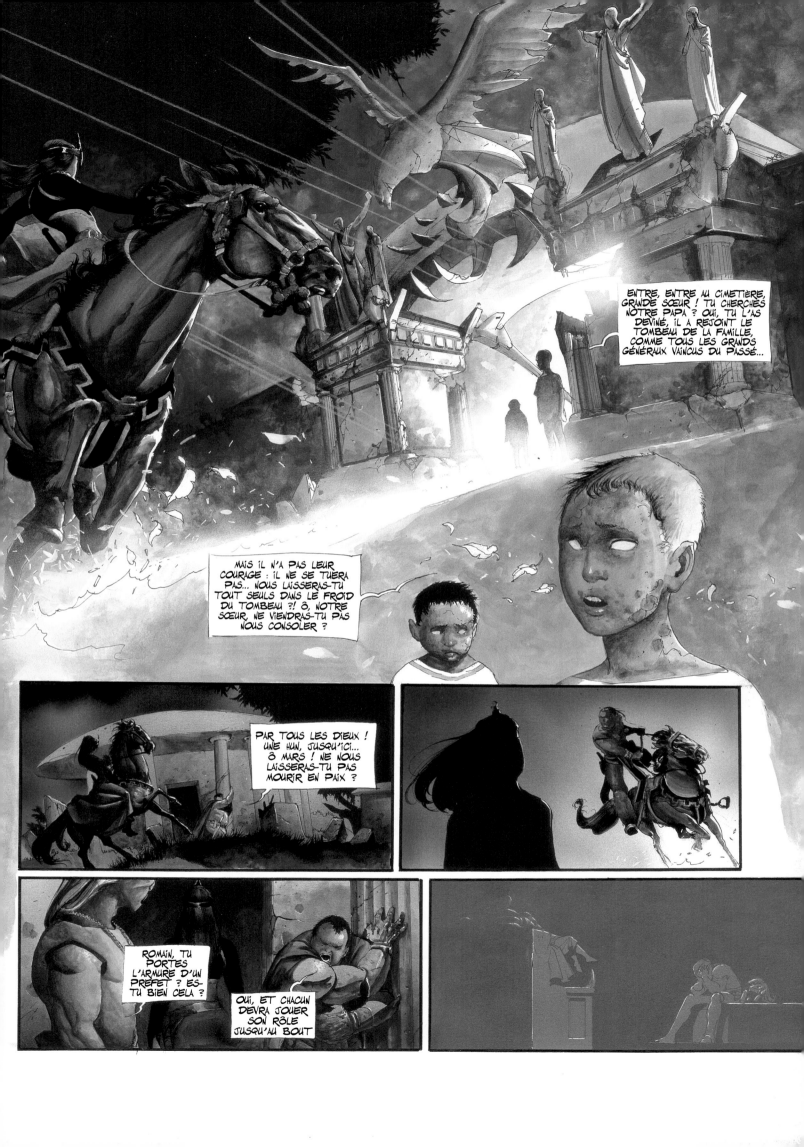

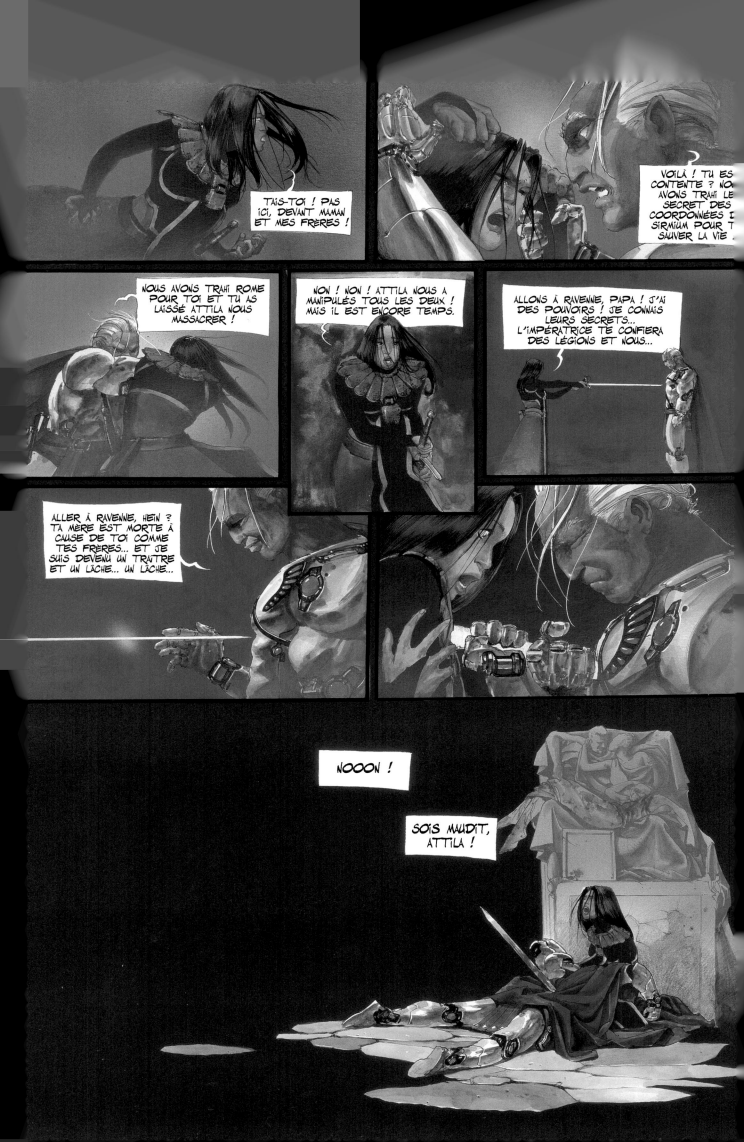

MAUDIT...

QUE SOIENT MAUDITS TES HUNS

QUE SOIENT AUSSI MAUDITS TES DIEUX...

ILS N'ONT PAS EU PLUS PITIÉ D'UNE DES LEURS QUE DE TOUS LES HOMMES...

IL N'Y A PLUS DE KERKA, IL N'Y EN A MÊME JAMAIS EU DU TOUT. JE NE SUIS PAS SA RÉINCARNATION.

LES DIEUX REGARDENT SOUFFRIR ET MOURIR LES HOMMES, SANS RIEN FAIRE NI RIEN DIRE. ILS SONT SI INSENSIBLES... J'AI ESPÉRÉ QUE J'ÉTAIS L'UNE D'ENTRE EUX, MAIS NON...

JE SUIS BIEN HUMAINE ! JE SOUFFRE TANT ! JE VEUX ME VENGER, JE VEUX QU'ATTILA SOUFFRE MILLE FOIS CE QUE MA FAMILLE A SOUFFERT...

KERKA... JE... JE N'AI PAS PU PRÉVENIR TOUT CELA... SI MA MORT PEUT T'APAISER...

NON, IL N'Y A PAS DE PLACE POUR TOI DANS MA VENGEANCE. TU ES LE SEUL QUI NE M'AIES JAMAIS MENTI... RETOURNE PRÈS DE TON ROI...

JE NE PEUX PAS ! APRÈS LA FAUSSE TENTATIVE D'ASSASSINAT DANS LE TEMPLE, OKTAR M'AVAIT ENVOYÉ VERS TOI POUR QUE JE JURE DE TE SERVIR JUSQU'À LA MORT.

TU AS PRÊTÉ SERMENT, C'EST VRAI, MAIS JE NE PEUX PAS TE DEMANDER DE DÉTRUIRE TON PEUPLE POUR MOI.

S'IL LE FAUT.